Une couronne pour deux rois

Pour Jean, futur chevalier de la plume...
D. Dufresne

Les mots du texte suivis du signe * sont expliqués
sur le rabat de couverture.

www.editions.flammarion.com

Didier Dufresne

Didier Balicevic

Une couronne pour deux rois

Castor Poche

Chapitre 1

Guillaume s'en va-t-en guerre !

Une galopade retentit dans la cour du vieux château de Malecombe. Guillaume et sa petite sœur Flora se précipitent en courant à la rencontre des cavaliers.

– Cousin Gautier ! s'écrient-ils en reconnaissant l'homme qui mène la troupe.

Gautier de la Boursepleine tend la main à Guillaume et le fait monter en croupe.

– Alors, comment va mon cher petit chevalier ? s'écrie-t-il. Tu as grandi, je trouve…

– Et moi ! proteste Flora.

Guillaume accompagne son cousin Gautier faire la guerre en Angleterre. Ils rejoignent les troupes du duc de Courtebotte.

En route pour l'Angleterre !

Après plusieurs jours de voyage, la petite armée de Gautier arrive au château du duc de Courtebotte.
– Je comprends vraiment pourquoi on le nomme ainsi, murmure Guillaume.

En effet, Robert de Courtebotte est un homme minuscule. Il s'agite comme un lutin au milieu d'une foule de soldats se préparant au grand départ.

– De la Boursepleine, vous voici enfin ! s'écrie-t-il. Hâtons-nous, les bateaux nous attendent…

L'armée tout entière se met en marche et le pays résonne du cliquetis des armes et du pas des chevaux. Guillaume est fier, le cousin Gautier l'a pris en croupe et ils trottinent en tête. Mais son sourire disparaît quand il aperçoit au loin flotter l'étendard du détesté duc de Tristelande.

– Le duc s'approche aussi, s'inquiète Guillaume. Pourvu que…

Dans le petit port normand, on embarque les chevaux, les vivres et les hommes. Guillaume est émerveillé, il voit la mer pour la première fois. Son baluchon à la main, il s'engage sur la passerelle.

– Mais c'est ce cher Guillaume de la Cerise-Demongâteau !

– Misère ! Adhémar ! grogne Guillaume en faisant volte-face.

– Alors, minable voisin de Malecombe, ricane Adhémar, tu pensais combattre les Anglais sans moi ?

Guillaume hausse les épaules et continue son chemin sans répondre.

Une fois à bord, Guillaume s'installe de son mieux sur un paquet de cordages. Bientôt, bercé par le roulis*, il s'endort…

– C'est ta première traversée, petiot ? lui demande un vieux soldat.

Guillaume se réveille en sursaut :

– Oui, Monseigneur ! Et ma première guerre aussi ! ajoute-t-il en montrant son épée de bois.

Le soldat fronce les sourcils :

– Pas de Monseigneur avec moi, gamin. Mon nom est Rainulf… Et je n'aime pas la guerre !

– Mais vous êtes soldat, pourtant, s'étonne Guillaume.

– Pas assez de terre pour être paysan, marmonne Rainulf. La guerre est un bien mauvais métier…

Guillaume va répondre quand un hurlement déchire le silence…

– À l'attaque !

Adhémar se balance au bout d'un cordage, son épée à la main. Il saute aux pieds de Guillaume en criant :

– Avant de guerroyer, il faut toujours s'entraîner, maigrichon ! En garde !

Guillaume se dresse et brandit son épée. Mais au lieu d'affronter de face son adversaire, il court autour de lui.

– Vas-tu t'arrêter et combattre, demi-portion ! crie Adhémar rouge de colère. J'ai le tournis !

Adhémar passe du rouge au vert.

– Qu'est-ce qui m'arrive ? gémit-il.

– Tu as le mal de mer ! Pense à une tartine de saindoux* bien gras à l'huile d'olive… ricane Guillaume.

– Beurk ! s'étrangle aussitôt Adhémar, en s'enfuyant une main sur la bouche.

– Je l'ai bien eu ! sourit Guillaume. Ce grand nigaud nous fichera la paix.

– La ruse est parfois supérieure à la force, déclare Rainulf.

Et jusqu'à la fin du voyage, le vieux soldat lui raconte sa vie d'aventures…

À bord, Guillaume retrouve Adhémar et fait la connaissance de Rainulf, un vieux soldat qui n'aime pas la guerre.

Une couronne pour deux frères...

La troupe, menée par le remuant petit duc de Courtebotte, débarque sur le sol anglais. Adhémar a repris du poil de la bête ; on pourrait croire qu'il va gagner la guerre à lui tout seul !

– S'il savait ce qu'est la guerre, il ferait moins le fier, grommelle Rainulf.

Après une journée de marche, ils arrivent en vue de l'armée anglaise.

– Plantez les tentes dans la plaine ! ordonne Courtebotte debout sur une taupinière. Nous attaquerons à l'aube…

– Et lui restera bien en arrière pendant que nous nous ferons tailler en pièces, soupire Rainulf.

Guillaume l'aide de son mieux à dresser la tente. Il comprend peu à peu que la guerre n'est pas un jeu.

– Qui est ce roi d'Angleterre que nous allons combattre ? demande-t-il.

– C'est Henri Belkenote, le propre frère de Courtebotte, répond Rainulf.

– On peut faire la guerre contre son frère ? s'étonne Guillaume.

– Hélas oui…, murmure Rainulf. Ces deux-là se battent pour une couronne.

– Il faut empêcher ça ! s'écrie Guillaume.

– Qui le pourrait ?

Cette nuit-là, roulé dans une simple couverture, Guillaume ne parvient pas à trouver le sommeil. Mais voilà qu'une idée lui vient…

23

Bien décidé à empêcher la guerre entre les deux frères,
Courtebotte et Belkenote, Guillaume a une idée...

Chapitre 4

Messieurs les Anglais

Guillaume se lève sans bruit et sort de la tente. Le camp est silencieux et des hommes d'armes montent la garde près de grands feux. Sur la colline d'en face, les feux des Anglais brillent eux aussi.

Guillaume se faufile hors du camp sans se faire voir. Puis il gravit la colline et s'introduit chez les Anglais.

« Ils ronflent comme des soufflets de forge, sourit Guillaume en passant près des tentes sombres. La voie est libre… »

Il se dirige vers la seule tente d'où filtre de la lumière. Il écarte la lourde toile avec précaution. À l'intérieur, il aperçoit un homme couronné à l'air soucieux entouré de chevaliers très excités qui vocifèrent*.

« Ce doit être le roi Henri et ses barons, se dit-il. Ils préparent la bataille… »

– Wow ! Nous dans le tas foncer !

– Yes ! Des Français faire marmelade !

Alors, Guillaume bondit à l'intérieur de la tente et se plante devant le roi.

– Qui es-tu donc, petit bonhomme ? demande Henri Belkenote.

– Je suis Guillaume de la Bretelle-Demonsac et je viens pour empêcher la guerre.

Le roi éclate de rire.

– How ! Ce français garçon ! ricane un baron. Comme insolent il est !

Et il ajoute en fronçant les sourcils :

– Dois-je lancer mon pied dans ses fesses petites, *your Majesty*[1] ?

[1] Votre Majesté

– Laisse-le parler ! ordonne le roi.

Guillaume explique son idée et Henri Belkenote l'écoute en hochant la tête. Il trouve ce petit garçon bien courageux d'être venu jusqu'ici en pleine nuit. Et son plan vaut bien celui de ces crétins de barons !

– Ton idée pourrait éviter la guerre, sourit le roi. Cela vaut la peine d'essayer.

– Merci, *your Majesty* ! s'écrie Guillaume en s'inclinant. Je file me préparer…

Guillaume expose au roi Belkenote son plan pour éviter le combat et ne tarde pas à le convaincre d'essayer.

Chapitre 5

Go Little-Noir-Chevalier[1] !

Le soleil perce les nuages au-dessus des collines. Sur le champ de bataille, les deux armées se font face. Seul le bruit des armes trouble le silence. Les soldats attendent l'ordre d'attaquer...

[1] Vas-y Petit-Chevalier-Noir !

Soudain, des cris retentissent dans le camp français. Le minuscule duc de Courtebotte braille et tape du pied :
– Mon cheval ! On a osé me le voler !

Le tout petit poney du duc a disparu.
– Prenez donc le mien, Monseigneur, roucoule le gros Gontran de Tristelande, toujours prêt à se faire bien voir.

On hisse à grand-peine le petit duc sur l'énorme cheval ventru du gros duc.

– À l'attaque ! hurle-t-il. Sus aux Anglois[1] !

Les deux armées rivales se mettent en marche. Arrivés à bonne portée, les archers anglais se préparent à tirer. Soudain, une minuscule silhouette surgit dans un nuage de poussière.

Petit-Chevalier-Noir, montant le poney du duc, vient s'immobiliser entre les deux armées.

– Arrêtez ! hurle-t-il. Inutile de vous entretuer ! Je vous propose un combat singulier. Au vainqueur la victoire !

[1] Jetez-vous sur les Anglais !

Henri Belkenote lance à son frère :
– Que dis-tu de mon champion ? As-tu un adversaire à sa taille ?
– À sa taille ? murmure Courtebotte dans sa barbe. Je ne vois que moi… Et je n'ai pas du tout envie de me battre.

Car Robert de Courtebotte est aussi lâche qu'il est petit ! Mais voilà qu'on entend dans les rangs :
– Moi ! Moi ! Je vais lui régler son compte, à cet avorton !

– Adhémar, mon fiston, quel courage !
fanfaronne le duc de Tristelande en
voyant son cher fils.

Soulagé, le duc Robert crie à son
frère :

– C'est d'accord ! Mon champion est
prêt. Que le meilleur gagne !

Petit-Chevalier-Noir a mis pied à terre. Adhémar trotte vers lui :

– Cette fois-ci, il ne m'échappera pas, grommelle-t-il. Je vais en faire du pudding* ! Et le duc me récompensera…

Dans chaque camp, on a déposé les armes. Les soldats se sont assis à leur aise et attendent comme au spectacle.

– Petit-Chevalier-Noir, gronde Adhémar, tu n'es qu'un traître passé aux Anglais.

Mais grâce à moi, nous récupérerons la couronne !

Il dégaine son épée de bois, Petit-Chevalier-Noir brandit la sienne… La foule des soldats les encourage :

– Oui ! Oui ! Allez, Adhémar ! hurlent les Français.

– Yes ! Yes ! Go Little-Noir-Chevalier ! s'égosillent les Anglais.

Alors, Adhémar se précipite sur son adversaire. Les épées s'entrechoquent, le combat commence…

Petit-Chevalier-Noir, le champion de Belkenote, affronte Adhémar, le champion de Courtebotte. Le combat fait rage...

Chapitre 6

Home, sweet home ![1]

Les deux champions se rendent coup pour coup.

– Prends ça ! ricane Adhémar.

– Encaisse, grande asperge ! riposte Petit-Chevalier-Noir.

[1] Qu'il est bon d'être à la maison !

Mais Adhémar a l'avantage.

– Hardi ! Hardi ! l'encouragent tous les Français. Écrase-le comme une mouche !

– How ! How ! soupirent les Anglais. Lui, perdu...

Petit-Chevalier- Noir est désemparé, il ne va pas résister longtemps. Mais voilà qu'il croise le regard de Rainulf au milieu de la foule :

– La ruse, petit... La ruse ! semble lui conseiller le vieux soldat.

Les coups pleuvent sur le bouclier du petit champion. Il jette des regards éperdus autour de lui. Enfin, il reprend espoir :

– La rivière... murmure-t-il, c'est ma chance.

Alors, tout en ripostant, Guillaume se replie vers la berge... Bientôt, il se retrouve dos à la rivière.

– Tu es cuit, pauvre minable ! hurle Adhémar.

Il fonce sur Petit-Chevalier-Noir qui esquive son attaque. Emporté par son élan, Adhémar plonge dans la rivière la tête la première.

– Gloup ! Au secours ! Maman ! Je ne sais pas nager ! hoquète le fils du duc.

– Hurray ! Hurray ! s'écrient les Anglais tandis qu'on repêche Adhémar.

– Mon champion a gagné ! triomphe Belkenote. Je crois que la couronne va rester sur ma tête, mon frère.

Mais Robert de Courtebotte est mauvais joueur.

– À l'attaque ! hurle-t-il à ses hommes.

Un murmure parcourt alors l'armée française. Un baron s'approche de lui.

– Nos hommes ne veulent plus se battre. Ils veulent qu'on rentre…

– À la maison ! clament les Français.

– *Home, sweet home* ! applaudissent les Anglais.

Et sous le regard ébahi du petit duc, ses soldats déposent leurs armes et partent à la rencontre des Anglais qui les attendent les bras ouverts.

Rainulf aperçoit Guillaume qui revient en tenant le poney du duc par la bride.

– Je l'ai retrouvé ! lance-t-il.

– Tu as manqué quelque chose, lui dit le vieux soldat. C'était la plus belle bataille de ma vie !

On aide Robert de Courtebotte à descendre de ce cheval trop grand pour lui. On le hisse sur son poney et il part au galop vers son frère Belkenote.

– Tu as gagné, admet-il. Garde ta fichue couronne ! Moi, je rentre au pays…

Quelques semaines plus tard, au château de Malecombe, deux cavaliers entrent dans la basse-cour. Flora s'écrie :

– Guillaume ! Guillaume est de retour !

Le comte Aldebert et dame Isolde se précipitent.

– Je vous présente Rainulf, explique Guillaume après avoir embrassé ses parents. C'est un vieux soldat qui rêve de cultiver la terre plutôt que se battre.

J'ai pensé qu'il pourrait venir vivre ici.
– C'est entendu, dit le comte Aldebert.
Je cherchais justement un jardinier.
– Merci, murmure Rainulf.
– Mais dis-moi, Guillaume, demande
Dame Isolde, quelle est donc cette
belle médaille qui pend à ton cou ?
– Le roi d'Angleterre m'a fait Chevalier
de l'Ordre de la Grenouille, répond
fièrement Guillaume. Venez ! J'en ai
des choses à vous raconter...

❶ L'auteur

Didier Dufresne

« Ah, si comme Guillaume j'avais le pouvoir d'arrêter les guerres ! Enfin, heureusement, nous nous entendons bien avec nos amis anglais, maintenant... Même s'il aura fallu batailler avec eux pendant plus de cent ans !

La guerre est un sujet qui m'intéresse. Je lis beaucoup pour essayer de comprendre pourquoi il est si difficile de régler un problème dans le monde sans se battre. C'est d'ailleurs dans un livre d'histoire que j'ai découvert Robert de Courtebotte. Il a vraiment existé et il est parti combattre son frère en Angleterre. Quel plaisir de faire revivre ce drôle de petit bonhomme et de mélanger la grande Histoire aux aventures de Guillaume ! Quel plaisir aussi d'inventer le nom du frère de Courtebotte, Henri Belkenote !

Tout cela m'a donné envie d'aller faire un petit tour en Angleterre... Mais que la reine se rassure, je n'en veux pas à sa couronne ! »

❷ L'illustrateur

Didier Balicevic

« J'adore dessiner donjons, créneaux, hourds, échauguettes et oubliettes. J'adore me balader par monts et par vaux, dans les bois humides et moussus, visiter les vieilles églises et les chapelles oubliées.

J'ai fait mes études à Strasbourg, ville de vieilles pierres et de maisons à colombages, alors bien sûr, les aventures médiévales de Guillaume, c'est pain bénit. Guillaume nous donne l'exemple avec bonne humeur : malin et courageux à la fois, il peut se sortir de tous les mauvais pas ! Mais je suis tout de même bien content de vivre au XXIe siècle et pas au Moyen Âge : on y prend plus de bains, et on n'est plus obligé de dessiner avec une plume ! Pauvre oie ! »

Table des matières

Achevé d'imprimer en mai 2015,
chez Pollina (France) - L72177C.